딱새의 복수

SEOUL, 2016

딱새의 복수

초판 제1쇄 발행일 2016년 1월 25일
초판 제8쇄 발행일 2022년 3월 20일
글 이상권 그림 김유대
발행인 박헌용, 윤호권 발행처 (주)시공사
주소 서울시 성동구 상원1길 22, 6-8층 (우편번호 04779)
대표전화 02-3486-6877 팩스(주문) 02-585-1247
홈페이지 www.sigongsa.com/www.sigongjunior.com

글 ⓒ 이상권, 2016 | 그림 ⓒ 김유대, 2016

ISBN 978-89-527-7564-1 74810
ISBN 978-89-527-5579-7 (세트)

*시공사는 시공간을 넘는 무한한 콘텐츠 세상을 만듭니다.
*시공사는 더 나은 내일을 함께 만들 여러분의 소중한 의견을 기다립니다.
*잘못 만들어진 책은 구입하신 곳에서 바꾸어 드립니다.

KC마크는 이 제품이 공통안전기준에 적합하였음을 의미합니다.
제조국 : 대한민국 사용 연령 : 8세 이상
책장에 손이 베이지 않게, 모서리에 다치지 않게 주의하세요.

딱새의 복수

이상권 글
김유대 그림

시공주니어

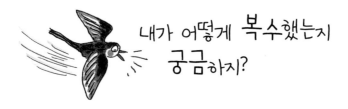

내가 어떻게 복수했는지 궁금하지?

나는 딱새야. 이 책에는 나 말고도 할미새, 박새, 제비, 앵무새, 참새, 굴뚝새 들이 나와. 나 같은 딱새나 할미새, 박새, 참새 들은 사람들이 사는 집 주변에서 살아가지. 그러니까 아주 오랜 옛날부터 사람들의 이웃이라고 할 수 있어.

하지만 선구 녀석하고는 결코 좋은 이웃이 될 수 없어. 그 녀석은 새를 좋아한다고 하면서도 걸핏하면 우리한테 돌팔매질을 하고, 우리가 아무리 몰래 둥지를 지어도 귀신같이 찾아내서 불안하게 만들거든.

우리도 알아. 선구가 새 둥지를 가까이에서 보고 싶어 한다는 걸. 하지만 우리 새들은 워낙 작고 약한 동물이기 때문에 뱀이나 개, 고양이는 물론 사람까지도 경계할 수밖에 없어. 더구나 둥지 안에는 소중한 알이랑 새끼 들이 있기 때문에 혹시라도 잡아먹힐까 봐 더 불안한 거야. 우리의 보금자리를 들킨다는 생각만 해도…… 아, 끔찍해!

그런데도 선구 녀석은 맨날 우리 뒤를 끈질기게 쫓아다니면서 어디에 둥지를 짓는지 관찰하는 거야. 그러다 마침내 내 둥지를 발견하고는 친구들을 데려와서 함부로 알을 만지고, 심지어 알을 깨뜨려 버렸어. 나는 도저히 참을 수가 없었지. 새들도 화가 나면 엄청 무섭다고! 나는 선구 녀석에게 복수하기로 마음먹었어. 어떻게 복수했느냐고? 하하! 궁금하면 얼른 이 책을 읽어 봐. 아주 통쾌하게 복수했거든. 똥개도 따라 할 수도 없고, 개구쟁이 시우랑 선구도 흉내 낼 수 없는 방법으로 말이야.

자, 이제 우리들의 이야기를 읽으면서 멋진 상상 속으로 빠져들기를 바라. 그곳에서 나만큼 멋진 새들을 만날 수 있을 거야.

자꾸만 누군가와 수다를 떨고 싶은
숲 속의 이야기꾼 딱새가

차례

작가의 말 4

제비가 들어왔다 9

선구 친구,
이시우

내 이름은 **강선구**.
나는 진짜진짜 새를 좋아해.
그런데 너는 무슨 새니?
처음 보는데.
어어, 시우야,
너희 집에 둥지 짓는다!

선구야! 딱새들이 화났어.
거봐, 내가 뭐랬어.
함부로 새 둥지를 보면
안 된다고 했잖아. 으악,
딱새들이 공격해 온다!

딱새의 복수 28

우하하!
우리 집에도 새가 들어왔다!
하지만 아무한테도
말하지 않을 거야.
새들아, 많이많이 들어와!

비밀을 지켜 줄게 53

제비가 들어왔다

선구는 마른 풀을 물고 가는 새를 보는 순간,
"할미새다!" 하고 씩 웃었다. 해마다 할미새들은
선구네 집 앞 개울가 어딘가에 둥지를 지었다. 선구는
작년에도 재작년에도 할미새 둥지를 찾아내려고
했으나 실패했다.

"올해는 꼭 찾아내고야 말 테다."

선구는 다시 씩 웃었다.

선구는 어려서부터 새를 좋아했다. 서울에
살 때는 십자매와 앵무새를 키웠다. 새들은 깃털이
깨끗하고, 목소리가 아름다웠다.

이 골짜기 마을로 이사 와서는 들새들을
볼 수 있어서 참 좋았다.

이제 선구는 거의 모든 새소리를 구별할 수 있다.
새들마다 날갯짓이 다르다는 것도 안다. 다만
아쉽게도 들새들의 둥지를 가까이에서 본 적이
없었다. 책에서 본 새 둥지는 신비롭기까지 했다.

선구는 알록달록한 새알을 만지고 싶고, 알에서
깨어난 새끼들에게 직접 벌레를 잡아다 먹이고
싶었다. 그럴 수만 있다면 얼마나 좋을까.

선구는 집과 개울 사이에 있는 복사나무 아래에
숨었다. 눈치가 100단인 할미새들은 벌써 이상하다
여기고 두리번거리다가, 갑자기 선구를 향해 빛처럼

날아왔다.

　"선구 놈이다! 저놈을 혼내 주자!"

　할미새들이 하도 빨라서 선구는

피하지 못하고 엉덩방아를 찧고 말았다.

　할미새들은 다시 날아와 선구를 부리로 쪼고

달아나 버렸다. 두 마리가 번갈아 공격을 하니
선구는 정신이 없었다.

"안 되겠다. 일단 후퇴다!"

선구는 시우네 집으로 줄행랑쳤다.

시우는 마당에서 흙장난을 하다가 뛰어오는
선구를 보았다.

선구는 이 동네에 사는 아이들 중에서 돌팔매질을
가장 잘한다. 그래서 근처에 사는 산토끼, 청설모,
날아다니는 새들까지 선구를 보면 겁을 먹고
달아났다. 시우네 똥개 길똥이도 마찬가지였다.

'어이쿠! 선구 놈이 오네!'

길똥이는 선구를 피해 개집 안으로 잽싸게 숨었다.

"휴우, 이제 안 쫓아오네. 시우야, 나 할미새가
그렇게 사나운 줄 처음 알았다. 어유, 꾀꼬리보다 더
사나워. 아니, 까치보다 더 사나워."

선구가 숨을 헐떡이면서 떠벌렸고, 시우와
길똥이는 조심스럽게 개울 쪽으로 눈을 돌렸다.
할미새는 보이지 않았다.

'또 무슨 나쁜 짓을 했겠지. 하여간 저놈은…….'

길똥이는 속으로 중얼거리다 시우가 소리치는
바람에 깜짝 놀랐다.

"어, 까만 새가 왔다! 저기 미나리꽝에 앉았다!"

순간 선구와 길똥이의 눈이 텃밭으로 향했다.
그곳에는 시우 아빠가 만든
작은 미나리꽝이 있었다.

시우가 물었다.

"선구야, 저건
무슨 새야? 넌
'새 박사'잖아."

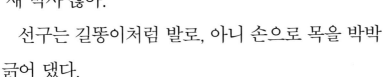

선구는 길똥이처럼 발로, 아니 손으로 목을 박박
긁어 댔다.

"으응, 분명 책에서 봤는데……. 어, 흙을 물고 날아간다."

푸른빛이 도는 까만 새는 시우네 현관문 위로 날아가서는 벽에 진흙을 붙였다.

"어, 집 짓는다! 할미새들은 내가 자기들 집을 찾아낼까 봐 개울 근처에만 가도 난리를 치는데, 저놈은 대놓고 집을 짓네!"

"진짜 대박이다! 선구야, 대체 무슨 새일까?"

선구는 다시 목을 긁어 대다가 휴대폰으로 사진을 찍었다. 시우도 휴대폰 각도를 조절했다. 이곳 아이들은 유치원생 때부터 휴대폰을 가지고 다니거나 목에 걸고 다닌다. 유치원과 초등학교가 멀리 있는 데다 깊은 산골이다 보니, 어른들이 아이들에게 휴대폰을 사 주지 않고서는 불안해서 견디지 못하기 때문이다.

시우네 엄마 아빠가 마당으로 나오자마자 시우가 소리쳤다.

"까만 새가 현관문 위에 집을 짓고 있어요!"

시우 목소리가 사라지기도 전에 마당 위를 뱅글뱅글 돌던 까만 새가 미나리꽝에 내려앉았다.

15

"제비다

시우네 엄마 아빠 입에서 거의 동시에 소리가
터져 나왔다. 그 소리가 어찌나 컸는지 구름을 타고
마실 가던 까마귀가 깜짝 놀라 떨어질 뻔했다.

"여보, 믿을 수가 없어요. 세상에, 제비가 오다니!"

"이거 꿈은 아니지? 야, 길똥아, 꿈이라면 사람
말로 대꾸하고, 꿈이 아니라면 개들 말로 대답해
봐라."

길똥이가 왈왈 짖어 대자, 시우 아빠는 아이처럼
폴딱폴딱 뛰었다.

"꿈이 아니네. 이야! 경사다, 경사!"

그러고는 여기저기 전화를 걸어 제비가
들어왔다고 자랑했다.

'대체 제비가 어떤 새길래 저러시지?'

시우와 선구와 길똥이는 서로를 쳐다보며 눈으로
물었다.

한참 뒤에 시우 아빠가 제비는 복을 가져다주는

새라고 입을 열었다.

"옛날에는, 아니 옛날도 아니지. 한 20년 전만 해도
제비는 우리나라에 흔한 새였단다. 따뜻한 남쪽
나라에서 겨울을 나고, 봄이 되면 찾아와 저렇게
집을 짓지. 제비는 '흥부전'에 나오는 아주 특별한
새고, 우리나라 사람들이 가장 좋아하는 새란다."

그 말을 듣자 선구는 괜히 제비들이 미웠다.

"야, 우리는 4년 전에 이사 왔는데,
왜 우리 집부터 오지 않고 시우네
집부터 왔냐?"

제비들에게 그렇게
따지고 싶었다.

다음 날 아침이었다. 시우는 마을버스를 타고
가는 내내 제비 이야기를 떠벌렸다. 선구는
처음으로 시우가 싫어졌다. 시우 입을 테이프로
붙여 버리고 싶었다.

시우는 만나는 아이들에게 제비 자랑을
늘어놓았다. 아이들은 그때마다 "정말?" 하고 눈을
크게 뜨며 뭐에 홀린 듯이 좋아했다. 제비를 모르는
아이들도 그랬다.

선구는 샘이 나서 견딜 수가 없었다. 선구는
시우보다 춤도 잘 추고, 새나 동물 들에 대해서도
잘 알고, 공부도 더 잘했다. 아이들도 시우보다
선구를 더 좋아했는데, 제비 때문에 분위기가
완전히 달라졌다. 선생님까지도 동그랗고 예쁜
눈을 깜박이면서 관심을 보였다.

"시우야, 정말이니? 선생님도 제비를 실제로
본 적이 없거든. 한때는 우리나라에서 가장 흔한

새였는데, 요새는 보기 힘들어졌어. 머지않아
천연기념물이 될지도 몰라."

　선구는 시우가 미워서 견딜 수가 없었다.

　선구는 시우에게 쏠린 관심을 다시 자기에게 돌려
보려고 애를 썼다.

　"야아, 제비 그거 별거 아냐. 털도 까맣고 별로

예쁘지도 않아."

그래도 아이들은 시우 자리로 몰려가서 제비 둥지를 보고 싶다고 졸라 댔다.

둘째 시간에는 아예 제비에 대해 공부를 했고,

셋째 시간이 끝날 무렵에는 선생님이 이따가
다 같이 시우네 집에 가자고 말했다. 아이들이 책상을
두드리면서 환호했다.
　그쯤 되자 선구는 시우가 한없이 부러웠다. 제비

덕분에 시우는 갑자기 2학년 1반 인기 스타가
되었다.

청소가 끝나고 아이들은 모두 선생님을 따라
나갔다. 선구도 느릿느릿 뒤따랐다. 마을버스를 타고
내릴 때도 선구는 꼴등이었다.

시우 엄마가 마당에 돗자리를 깔아 놓고 선생님과
아이들을 기다렸다.

선생님은 제비를 손가락질하면서 휴대폰으로
계속 사진을 찍었다.

"어머, 어머머, 정말 신기하다. 부리로 흙을 눌러서
집을 짓는 것 좀 봐."

아이들도 제비에게 푹 빠져 버렸다. 선구가
보기에도 제비는 대단했다. 물고 온 진흙과
지푸라기를 부리로 꼭꼭 눌러서 둥지를 쌓아 갔는데,
선구는 저도 모르게 대단하다는 말이 나오려는 걸
꾹 참았다.

선구는 터덜터덜 집으로 가는 길에 아빠를 만났다. 아빠는 선구의 표정을 보더니 누구와 싸웠느냐고 물었다. 선구는 고개를 흔들었다. 그러고는 시무룩하게 물었다.

"아빠, 우리 집에는 왜 제비가 안 와요?"

그러자 아빠는 꼭 선구가 그러는 것처럼 침을 퉤 뱉었다.

"어이구, 그깟 제비가 들어왔다고 동네방네 떠들고 다니고……. 야야, 선구야, 제비가 귀해서 그래. 며칠만 지나 봐라. 아무도 관심 갖지 않을 테니까. 제비 그놈들 집에 들어오면 똥만 싸 대고 골치 아프다. 두고 봐라."

말은 그렇게 했어도 아빠 역시 은근히 제비가 들어왔으면 하고 바랐다. 그러나 선구네 집에는 제비가 들어올 수 없었다. 부동산 일을 하는 아빠가 이 근처에서 돈을 가장 많이 들여서 지은 3층짜리

콘크리트 집에는 처마가 없기 때문이었다.

"아빠, 그래도 우리 집에 제비가 왔으면 좋겠어요."

아빠는 곰곰이 생각에 잠기더니

겨우겨우 선구를 달랬다.

"알았다. 올해 마당 한쪽에

황토 방을 따로 하나 지을 건데,

제비가 들어올 수 있도록

처마가 있는 기와지붕을

얹어 주마."

딱새의 복수

 봄비가 유독 수줍음이 많은 복사꽃의 볼을
간질인다. 할미새 한 마리가 복사꽃 너머로
나풀나풀 날아간다. 선구는 얼른 대문 뒤로 숨는다.
 "선구야, 왜 그렇게 비를 맞고 있니? 그러다 감기
걸린다!"
 엄마가 1층 창문을 열고 소리쳤다.
 "알았으니까 조용하라고요. 새가 눈치챈단

말이에요!"

선구는 엄마를 보고 막 손을 흔들어 댔다. 처마가 없는 콘크리트 집에 제비가 들어오기는 글렀고, 이제는 할미새에게 매달리는 수밖에 없었다.

할미새 둥지를 찾아내면 그걸 찍어서 하루에도 몇 번씩 2학년 1반 인터넷 게시판에 올릴 수 있다.

시우는 하루에 딱 한 번, 그것도 아빠가 있어야만 쇠사다리를 펴고 올라가서 제비 둥지를 찍을 수 있다고 했다. 아무리 더 보고 싶어도 둥지가 높은 곳에 있어서 시우 혼자서는 볼 수 없었다.

할미새는 개울가 낮은 돌벽 틈에 둥지를 짓기 때문에 언제든 볼 수 있고, 새알이나 새끼 들도 맘대로 만질 수 있으니, 어쩌면 아이들은 제비보다 할미새를 더 좋아할지도 모른다.

개울 건너편 돌벽 위에서 할미새가 지푸라기를

물고 두리번거렸다. 할미새는 이쪽저쪽을 번갈아
보더니 헌 비닐이 걸린 돌멩이 밑으로 사라졌다.
'저 밑에 집이 있구나. 드디어 찾았다!'
빗방울이 선구의 감실감실한 볼에서 미끄럼을
타고 내려갔다.
다른 할미새가 복사꽃 가지로 날아왔다. 그때,
선구가 키우는 시베리안허스키 태풍이가 경중경중

뛰어왔다.

선구가 손가락으로 두툼한
입술을 가리며 얼굴을 찌푸렸다.

"쉿!"

그러거나 말거나 태풍이는 폴딱폴딱 뛰면서
꼬리를 흔들고 반갑다고 짖어 댔다. 선구가 입술을
깨물며 눈알을 부라렸다.

"야, 저리 가아아. 할미새가 눈치챘단 말이야!"

그제야 태풍이는 몇 걸음 뒤로 물러났다.

"비상, 비상, 비사아앙!"

하지만 어느새 할미새가 낌새를 채고는 악을 썼다.
다른 할미새도 날아왔다.

"무슨 일이야?"

"망했다! 선구 놈이 다 보고 있었어."

할미새들이 선구 머리 위에서 뱅글뱅글 돌았다.

"에이씨! 이게 다 태풍이 너 때문이야!"

선구가 발길질을 하려고 했으나 태풍이는 이미 멀리 달아난 뒤였다.

선구는 개울가로 뛰어갔다. 역시나 헌 비닐이 걸린 돌맹이 밑에 할미새 둥지가 있었다.

할미새들이 선구네 지붕에서 욕설을 퍼부었다.

"길똥이가 밟은 시우 똥보다도 못생긴 놈!"

"선구 놈 때문에 여기서는 살 수 없어!"

"다른 곳으로, 아무도 모르는 곳으로 가자!"

그다음 날도, 그다음 다음 날도, 그다음 다음다음 날도 할미새들은 둥지로 돌아오지 않았다. 그다음 다음다음다음 날, 시우가 찍은 완성된 제비 둥지 사진을 본 선구는 맥이 풀렸다.

"이건 다 태풍이 때문이야. 이 바보 멍청이를 가만두지 않겠어."

선구가 마당에서 휘파람을 불었다. 태풍이는 개집

뒤에 숨어서 선구를 훔쳐보았다.

"어이구, 지금 나갔다가는 선구 놈한테 맞아 죽겠구나. 에라, 모르겠다!"

태풍이는 집 뒤쪽 산으로 달아났다. 그걸 본 선구가 돌팔매질을 하려는 순간이었다. 태풍이 집 옆 소나무 가지에 앉아 있던 딱새가 가느다란 나뭇가지를 물고 우체통 안으로 쏙 들어갔다.

"와아, 딱새다! 딱새가 집을 짓는다아아아!"

선구는 저도 모르게 소리치면서 시우네 집으로
달려갔다.

"우리 집에도 새가 들어왔다아아! 새가 들어왔다!"

다음 날 아침, 선구는 시우를 데리고 우체통으로
갔다. 마침 딱새들은 없었다.

"이게 딱새 집이야. 어때? 대단하지? 저 봐라.

가는 나뭇가지들을 100개도 넘게 물어다 놨어.
저 위에 이끼랑 거미줄로 동그랗게 집을 지을 거야."

"제비 집도 신기하지만 딱새 집도 엄청 신기하다.
너, 사진 찍어서 올릴 거지?"

"당근이지."

선구는 아이들 모두에게 딱새 이야기를 하고
싶어서 미칠 지경이었다. 교실 의자에 앉아 있는데도
이상하게 몸이 붕 떠오르는 기분이었다.

선구가 휴대폰으로 찍은 딱새와 딱새 둥지 사진을
보려고 아이들이 몰려들었다.

"와, 귀엽게 생겼다. 우리도 가서 봐도 돼?"

"너희들은 좋겠다. 집에서 들새를 볼 수 있어서."

선생님은 딱새를 처음 본다면서, 아예 선구에게
교실 앞으로 나와서 설명해 달라고 했다.

선구는 교탁 앞에서 신나게 떠벌렸다.

"딱새는 꽁지깃을 위아래로 움직일 때마다 '딱딱'
소리를 내요. 그래서 딱새예요."

봄바람에 나무들이 심하게 멀미하는 날이었다.
아이들은 선구를 따라가고 있었다. 그중에는

선구가 좋아하는 이슬이도 있었다. 이슬이가
우체통에 앉아 있는 딱새를 보고 손가락질했다.

"새다! 저게 딱새지?"

"사진보다 훨씬 더 멋지다!"

여자아이들은 얼른 딱새 둥지를 보고 싶어
안달을 냈다.

"선구야, 지금 우체통 열어 봐도 돼?"

"아, 잠깐. 근처에 딱새가 있으면 안 돼."

선구는 잠시 망설였다. 딱새는 할미새와 달리
사람을 무서워하지는 않지만, 그래도 이렇게
딱새들이 근처에 있을 때 둥지를 들여다보는 것은
좋지 않다. 되도록 딱새들 모르게 봐야 한다.
선구는 제발 딱새들이 잠깐이라도 자리를 피해
주기를 바랐다. 그러나 오늘따라 딱새들은 우체통
주위를 계속 맴돌았다.

"빨리 보고 싶다."

이슬이가 다시 말했다. 선구는 어쩔 수 없다고 생각했다.

딱새들이 아이들을 공격할 것처럼 공중에서 뱅글뱅글 돌았다.

태풍이는 우체통을 여는 선구를 말렸다.

"선구야, 딱새들이 화났어. 딱새들이 없을 때 몰래 봐야지, 이러면 곤란해."

그러나 선구가 태풍이의 말을 알아들을 리 없었다.

둥지 안에는 뽀얀 새알이 하나 있었다.

"와, 알이다!"

"난 새알 첨 봐."

"진짜 예쁘다."

"선구야, 나 만져 보고 싶어."

이슬이가 선구를 쳐다보았다. 선구는 조심조심 알을 끄집어냈다.

"신기하다!"
"진짜 멋지다!"
"따뜻해!"
딱새 알은 여자아이들 손에서
손으로 굴러다녔다. 그러다
바닥에 툭 떨어지고 말았다!
"어머, 어떡해!"
비명에 가까운 소리가 울려
퍼졌다. 이슬이였다.
다행히 새알은 우체통 아래
마른 풀로 떨어졌다. 선구가
얼른 새알을 집었다. 선구
손이 부르르 떨렸다.
"괜찮아. 안 깨졌어."
선구가 둥지에 알을
넣고 우체통 문을 닫았다.

“알을 만지는 걸 딱새들이 봤으니, 가만있지 않을
텐데. 큰일 났어, 큰일 났다고!”

태풍이는 걱정이 되어서 절레절레 고개를
흔들었다.

아이들이 사라지자 딱새들이 우체통으로
내려왔다.

딱새 암컷은 우체통에 들어가자마자 부리로 알을
이리저리 굴리더니, 비명을 지르면서 머리를 우체통
벽에 마구 들이받았다.

“이럴 수가, 아악, 아아아아아!”

딱새 수컷이 온몸으로 암컷을 막아 내며 달랬다.

“제발 진정해, 제발…….”

“알이, 알이, 우리 알이 깨져 버렸어!”

딱새 암컷이 풀썩 쓰러지며 울었다. 딱새 수컷은
떨리는 눈빛으로 알을 내려다보았다. 미세하게,

새들의 눈에만 실금이 보였다. 아이들이 떨어뜨렸을
때 충격으로 생긴 것이었다.

"아, 결국 선구 놈 때문에……."

딱새 수컷은 자책하듯이 부리로 자기 발을 콕콕
쪼아 댔다. 그런 수컷을 멍하니 보고 있던 딱새
암컷이 갑자기 일어나더니, 알을 물고 우체통 밖으로

날아갔다. 수컷이 뒤따랐다. 암컷은 금이 간 알을
태풍이 집 앞에 떨어뜨렸다.

새알은 태풍이 밥그릇 앞에서 박살이 나 버렸다.

"악, 맙소사!"

태풍이는 한동안 눈을 질끈 감고 있었다.

다음 날 아침, 마당에 나온 선구 머리 위로 뭔가
툭 떨어졌다. 손으로 만져 보니 물컹했다.

"우웩, 새똥이다!"

선구는 얼굴을 찌푸린 채 하늘을 쳐다보다가
두 팔로 머리를 감쌌다.

"또, 똥 비가 온다!"

공중에서 10여 마리의 딱새들이 쉴 새 없이 똥을
싸면서 욕을 해 댔다.

"이 나쁜 놈!"

"새똥보다 못생긴 놈!"

"가만두지 않겠다!"

"지옥까지 따라가서 복수할 거야!"

선구는 오른손을 바람개비처럼 돌리면서 마당에 있는 파라솔로 뛰어갔다.

"꿈인가? 똥 비를 맞다니! 우웩, 똥 냄새. 딱새가 아니라 똥새네."

딱새들은 나뭇가지에 앉아서 선구에게 계속 욕을 퍼부었다.

선구는 머리와 얼굴, 어깨, 팔다리에 묻은 새똥을 떨어내다가 문득 우체통이 있는 대문 쪽으로 뛰어갔다.

'혹시, 딱새 집에 무슨 일이 생긴 거 아냐?'

선구는 우체통 안을 보고 당황했다.

"허걱, 알이 없네. 어떻게 된 거지?"

그때, 이번에는 더 많은 딱새들이 날아와서 똥을 싸 댔다. 타닥, 투닥, 투다다닥. 여기저기 새똥

떨어지는 소리가 요란했다. 꼭 우박 떨어지는 소리
같았다. 우체통에도 새똥이 떨어졌고, 선구 머리에도,
등에도 새똥이 떨어졌다. 그런데도 선구는 피할
생각은 않고 멍하니 우체통 안을 들여다보고만
있었다.

선구는 이런 일이 생기리라고는 상상도 하지
못했다.

"망했다!"

선구는 새똥이 깔린 땅에 풀썩 주저앉았다.

태풍이가 와서 소리쳤다.

"이럴 줄 알았어! 난 이럴 줄 알았다고!
네 친구들이 딱새 알을 함부로 만지다가 떨어뜨렸기
때문이야!"

선구는 오늘따라 크게 짖어 대는 태풍이를 보고
소리를 꽥 질렀다.

"시끄러워!"

선구는 고개를 숙인 채 마당을 걸어가다가
태풍이 밥그릇 앞에 깨져 있는 새알을 보았다.
"맙소사! 너 때문이었잖아! 네가 어젯밤에 딱새
둥지에서 알을 꺼냈구나. 그런데 딱새들은 내가
그런 줄 알고, 나한테 복수한 거였어. 이게 다 너
때문이야! 너 때문이야! 책임져, 책임지라고!"
선구는 태풍이에게
마구 발길질을
해 댔다.

태풍이는 하도 억울해서 말도 나오지 않았고,
선구의 발길질을 피할 생각도 하지 못했다.
　"선구야, 너 왜 그러니? 왜 아침부터 개를 때리고
난리야!"

엄마가 달려 나오자 그제야 태풍이는 낑낑대면서 하소연하기 시작했다.

"억울해요! 선구 놈이 자꾸 나한테 죄를 뒤집어씌워요. 난 우체통 근처에도 안 갔는데……. 아이고, 억울해. 억울하다고요! 야, 똥새들아! 난 아니야! 너희들도 봤잖아! 난 아니라고!"

비밀을 지켜 줄게

　선구는 샤워를 하고 옷을 갈아입었다. 그래도
새똥 냄새가 없어지지 않았다. 엄마가 어디서
새똥을 묻혀 왔느냐고 계속 다그쳤다. 선구는
사실대로 말했지만, 엄마는 믿지 않았다.
　"뭐? 똥새? 너 거짓말하는 거지? 새똥 밭에서
구른 거지? 선구야, 말이 되는 소릴 해. 어떻게
새 수십 마리가 하늘에 모여서 똥을 싸니?

거짓말은 그만하고, 밥이나 먹어. 아빠가
우체통에서는 새가 살기 어렵다고 하시더라.
사람들이 자꾸 열어 보고, 높이가 낮아서 고양이나
개 들이 알을 꺼내 먹을 수도 있대. 그래서 따로
새집을 만들어 주신대. 어서 밥 먹고 나가서 아빠랑
새집을 만들렴. 서너 개만 매달아 놓으면 새들이
많이 들어올 거야."

선구는 벌떡 일어나서 몇 번이나 물었다.

"정말요? 정말 새집을 매달아 놓으면 새가
들어와요?"

선구는 얼른 밥을 먹고 밖으로 나갔다. 아빠가
널빤지와 망치와 톱을 들고 기다리고 있었다.

똥 비를 내리던 딱새들은 한 마리도 보이지 않았다.

그래도 선구는 자꾸만 하늘을 쳐다보았다. 새소리가
나기만 해도, 새가 마당 위로 날아가기만 해도 깜짝
놀라서 손바닥으로 머리를 가렸다.

아빠와 선구는 툭탁툭탁 새집을 만들었다. 그런
다음 마당에 있는 나무마다 새집을 매달았다. 새집
아래에다 모이도 잔뜩 뿌려 두었다.

다음다음 날 학교에서 마주친 이슬이가 선구를
보고 웃었다.

"그때는 정말 신비로웠어. 새알을 만지고, 볼에
비빌 때. 또 만지러 가도 돼?"

이슬이는 새알을 움켜쥐듯 양 주먹을 쥐었다.

선구는 차마 딱새들이 우체통에서 나가 버렸다는
말을 할 수가 없었다. 대신 새집을 많이 만들어서
나무에 매달아 놓았다고 말했다.

"그러니까, 다음에 또 보여 줄게."

선구는 그렇게 약속해 버렸다.

선구는 수업 시간에 온갖 새들이 새집에 들어오는
상상을 했다. 할미새, 딱새, 박새, 굴뚝새, 참새…….

선구는 학교에서 놀고 가자는 이슬이도 뿌리치고
집으로 돌아왔다. 아쉽게도 매달아 놓은 새집에는
새가 한 마리도 들어오지 않았다. 그래도 선구는
실망하지 않고 태풍이에게 이렇게 말했다.
　"아직 새들이 몰라서 그래. 여기에 멋진 집이
있다는 걸 알면 새들이 많이 날아올 거야."

　그다음 날 박새 두 마리가 날아왔다. 박새들은
시원한 그늘을 만들어 주는 소나무에 달린 새집
주위를 얼쩡거리다가, 현관문 앞 단풍나무에 매달아
놓은 새집 쪽으로 날아갔다.
　"선구야, 박새 왔다."
　엄마가 컴퓨터 게임을 하고 있는 선구를 불렀다.
선구는 "와아, 새 들어왔다!" 하고 소리치면서 밖으로
달려 나가려고 했다. 엄마가 선구 어깨를 꼭 잡았다.
　"아직은 몰라. 새들도 집을 고를 때는 여러 가지를

꼼꼼하게 살피거든. 우선 비바람이 들어오지는 않나 구석구석 살피고, 고양이나 족제비로부터 안전한 곳인가 두루두루 살피고."

엄마 말처럼 박새들은 나란히 앉아서 의논을 하는 듯하더니, 한 놈이 마당 한편에서 짧은 나뭇가지를 물고 왔다. 이 집이 마음에 들었다는 뜻이다. 다른 박새는 숲으로 가서 나뭇잎을 물어 왔다.

선구는 더 이상 참을 수가 없었다. 우선은 시우에게라도 가서 자랑해야겠다고 생각했다. 선구가 현관문을 열고 나가자 다른 나뭇가지를 물고 오던 박새가 깜짝 놀랐다.

"으악, 선구 놈이다! 안 되겠다. 저놈한테 걸리면 끝장이다."

"더 늦기 전에 여기서 떠나자!"

박새들은 망설이지 않고 날아가 버렸다.

"선구야, 왜 그렇게 급하니? 조금만 참았다가

박새들이 없을 때 나가면 되잖아? 가뜩이나 집을
짓는 첫날이라 예민했을 텐데.”

엄마도 아쉬운 표정을 지었다.

“그래도 너무 실망하지 마. 새들은 또 올 테니까.”

하지만 선구는 맥이 쭉
빠져 버렸다.

그다음 다음 날은 참새가
와서 기웃거렸고, 그다음 다음다음 날은 박새가 와서
기웃거렸다. 하지만 집을 짓지는 않았다.

선구는 실망이 컸다. 엄마가 조금 더 기다리라고
했지만 새들이 왔다가 그냥 가 버릴 때마다 가슴에
구멍이 뚫리는 것 같았다.

일주일이 지나도 새는 들어오지 않았다.

선구는 학교에서도 집에서도 별로 말을 하지
않았다. 좋아하는 피자를 봐도 군침이 돌지 않았고,
시우와 컴퓨터 게임을 해도 재미가 없었다.

어느 날, 엄마가 하얀 앵무새 한 쌍을 사 왔다.

"선구야, 이 앵무새를 잘 키워 봐. 앵무새가 있으면
다른 새들도 안심하고 들어올지도 몰라. 앵무새는

사람 말도 알아들으니까, 새들한테 할 말이 있으면
앵무새한테 전해 달라고 해도 되고."

선구는 앵무새 새장을 단풍나무에 매달았다.
그러고는 날마다 앵무새들에게 가서 말을 걸었다.

"앵무새들아, 제발 다른 새들한테 말해 줘. 그동안
괴롭혀서 진짜 미안하다고. 다시는 새들한테 돌을
던지지 않겠다고, 약속한다고 전해 줘. 진짜진짜야!"

"나는 진실만 말한다, 나는 진실만 말한다!"

두 앵무새가 한목소리로 외쳤다.

앵무새들이 선구의 말을 전했는지는 알 수 없지만,
다음 날부터 선구네 집에 새들이 날아왔다. 맨 먼저
할미새가 앵무새와 심각하게 이야기를 나누고
갔으며, 그다음에는 딱새가 찾아왔다.

앵무새들은 손님을 대접하듯이 점잖게 말했다.

"마당에 뿌려 놓은 모이를 마음껏 먹고 편안하게
놀다 가시오."

새들은 앵무새들의 말을 믿는 것 같았다. 하지만
누구도 선뜻 "여기서 살게요!" 하고 나서지는 않았다.

안개 때문에 해님이 코빼기도 보이지 않는
날이었다. 아이들이 우르르 마을버스에서 내렸다.
　어젯밤 새끼 제비 다섯 마리가 먹이를 달라고 입을
벌리고 있는 사진이 2학년 1반 인터넷 게시판에
올라왔다. 그러자 직접 새끼 제비를 보고 싶다는
댓글이 열몇 개도 넘게 달렸다. 시우는 언제든지

좋다고 답글을 썼고, 바로 오늘이 그날이었다.

아이들은 새처럼 재잘거리면서 걸어갔다. 워낙
안개가 깊어서 서너 걸음만 떨어지면 서로의 얼굴이
보이지 않았다.

선구는 그런 안개가 고마웠다. 아이들에
묻어가다가 슬그머니 뒤처졌는데도 누구 하나
신경 쓰지 않았다. 선구는 아이들 목소리가 사라지자
천천히 집으로 갔다.

오늘도 버릇처럼 앵무새 새장 앞으로 갔다.

"앵무새야, 다른 새들한테 내 말 잘 전했지?
나에 대해서 나쁘게 말한 거 아니지?"

앵무새는 언제나처럼 점잖은 목소리로 이렇게
되풀이했다.

"나는 진실만을 말한다, 진실만을 말한다!"

-선구야, 너 어디로 샌 거야? 빨랑 와라.

시우가 보낸 문자 메시지를 보고 선구는 힘이 쭉
빠졌다. 시우네 집에는 이슬이도 있었다.

-선구야, 얼른 와. 새끼 제비들 진짜 귀엽다. 근데
만질 수가 없어서 아쉬워. ㅠㅠ

이번에는 이슬이에게서 문자 메시지가 왔다.

선구는 잠깐 소파에 앉았다. 그러다 앵무새들이
재잘거리는 소리를 들었다. 밖은 안개 때문에
아무것도 보이지 않았다.

선구는 천천히 현관문을 열었다. 어디선가 할미새 소리가 낮게 울렸다. 선구는 현관 앞에 쪼그려 앉았다. 할미새 한 마리가 앵무새 새장 앞으로 날아왔다. 입에는 나뭇가지를 물고 있었다.

"헉, 할미새닷!"

선구는 손으로 입을 막았다.

할미새는 보일러실 쪽으로 사라졌다.

선구는 앉은걸음으로 느릿느릿 할미새 뒤를 쫓았다. 안개가 선구를 감춰 주었다. 살짝 열린 보일러실 창문 틈으로 할미새가 사라졌다. 선구가 몰래 훔쳐보니, 할미새는 엄마의 낡은 자전거에 달린 시장바구니 속에 둥지를 짓고 있었다.

선구는 여기에 오래 있어서는 안 된다고

생각하면서 돌아서다가, 다른 할미새가 자기를
쳐다보고 있다는 것을 알아챘다. 녀석은 보일러실
옆에 있는 모과나무에 앉아 있었다. 선구도 당황하고
할미새도 당황했다.

"맙소사! 저 선구 놈 눈을 피하려고 고민
고민하다가 보일러실을 골랐는데……."

할미새는 보일러실에 있는 짝을 부르려다가 숨을
죽였다.

선구는 아무렇지도 않게 보일러실을 지나쳐서
뒤란으로 걸어갔다. 한 번도 뒤돌아보지 않았다.

할미새는 고개를 갸웃했다.

"어, 뭐야? 그냥 지나가잖아. 다행히 눈치채지 못한
모양이야."

할미새는 조심조심 마당으로 내려앉아서 입에
나뭇가지를 물었다.

선구는 한쪽 눈을 감고도 할미새들의 움직임을
알 수 있었다. 선구의
입안에는 단물이 가득
고였고, 자꾸만 웃음이
새어 나오려고 했다.

-야, 강선구.
너, 100 셀 때까지
안 나타나면 너희
집으로 쳐들어간다!

선구는 시우의 문자
메시지를 받자마자
슬그머니 앵무새에게로
갔다. 그러고는 이렇게
속삭였다.

"절대 비밀. 아무한테도
말하지 않을 거야.
엄마 아빠한테도,
친구들한테도. 나중에

말할 거야. 새끼 할미새들이 다 커서 나간 다음에."

선구는 태풍이에게도 속삭였다.

"너도 알았지? 아무한테도 말하지 마. 이건 우리끼리만 아는 비밀이야."

선구는 안개 속을 달렸다. 선구의 목구멍에서는 이런 메아리가 쉬지 않고 울려 퍼졌다.

'새가 들어왔다아! 내가 가장 좋아하는 할미새가 들어왔다아아!'

선구의 마음이 가벼웠다. 할미새처럼 하늘을 나는 기분이었다. 파도를 타듯이 올라갔다가 내려갔다가 다시 올라갔다가……. 선구는 그런 느낌이 좋았다. 그러다 그만 발을 헛디뎌 앞으로 꼬꾸라지고 말았다.

"아이쿠우!"

선구는 시우네 집 옆에 있는 공터에 팬 작은 웅덩이에 빠졌다. 다행히 물이 고여 있지 않아 옷도 젖지 않았고, 선구는 금세 벌떡 일어날 수 있었다.

하지만 왼쪽 다리가
심하게 아파 왔다.
　그걸 알아챈 할미새가
날개를 퍼덕이면서
까르르 웃어 댔다.